STOPP!

**Dies ist die letzte Seite des Buches!
Du willst dir doch nicht den Spaß verderben
und das Ende zuerst lesen, oder?**

Um die Geschichte unverfälscht und originalgetreu mitverfolgen zu können, musst du es wie die Japaner machen und von rechts nach links lesen. Deshalb schnell das Buch umdrehen und loslegen!

So geht's:

Wenn dies das erste Mal sein sollte, dass du einen Manga in den Händen hältst, kann dir die Grafik helfen, dich zurechtzufinden: Fang einfach oben rechts an zu lesen und arbeite dich nach unten links vor. Viel Spaß dabei wünscht dir TOKYOPOP®!

TOKYOPOP GmbH
Hamburg

TOKYOPOP
1. Auflage, 2014
Deutsche Ausgabe/German Edition
© TOKYOPOP GmbH, Hamburg 2014
Aus dem Japanischen von Dorothea Überall
Rechtschreibung gemäß DUDEN, 25. Auflage

IKOKU IROKOI ROMAN TAN © 2003 Ayano Yamane
All rights reserved.
First published in Japan in 2003 by CORE MAGAZINE CO., LTD.
German translation rights arranged with CORE MAGAZINE CO., LTD. through Tuttle-Mori Agency, Inc., Tokyo

Redaktion: Joachim Kaps
Lettering: MPS Ad-Studio
Herstellung: Simone Demuth
Druck und buchbinderische Verarbeitung:
CPI – Clausen & Bosse GmbH, Leck
Printed in Germany

Alle deutschen Rechte vorbehalten. Nachdruck, auch auszugsweise, verboten. Kein Teil dieses Werkes darf ohne schriftliche Genehmigung des Verlages in irgendeiner Form reproduziert oder unter Verwendung elektronischer Systeme verarbeitet, vervielfältigt oder verbreitet werden.

ISBN 978-3-8420-1128-1

www.tokyopop.de

PUNCH UP
Shiuko Kano

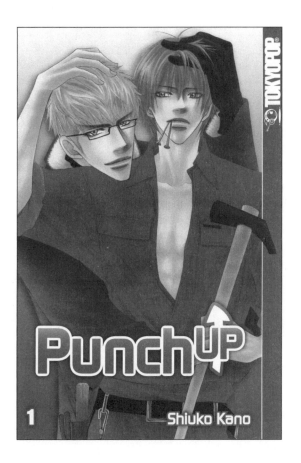

Harte Fäuste – zarte Küsse!

Architekt Maki trifft Bauarbeiter Kota! Doch beide sind erst mal wenig voneinander angetan. Während Maki ein gnadenloser und eiskalter Teufel ist, den sogar die eigene Katze hasst, entspricht der schmächtige Kota so gar nicht Makis Männergeschmack. Und doch entwickelt sich zwischen den beiden eine Beziehung, bei der auch mal ordentlich die Fetzen fliegen!

www.tokyopop.de

DEADLOCK
Saki Aida & Yuh Takashina

»Hier drin gehörst du zu den Gejagten!«

Drogenfahnder Yuto landet unschuldig im Gefängnis. Die einzige Möglichkeit, wieder auf freien Fuß zu kommen: Er muss die Identität eines Terroristen aufdecken, der innerhalb der Gefängnismauern untergetaucht ist. Doch er gehört nicht nur zu den Jägern. Durch sein attraktives Äußeres werden seine Mitinsassen auf ihn aufmerksam und finden Gefallen an der hübschen Beute ...

www.tokyopop.de

UNDER GRAND HOTEL
Mika Sadahiro

Heiße Liebe – raue Sitten

In dem amerikanischen Gefängnis »Under Grand Hotel« sitzt der wegen Mordes verurteilte japanische Austauschstudent Sen ein. Gegen die dort herrschenden rauen Sitten kann er sich nur wehren, indem er mit dem Anführer der Insassen, Sword, einen Pakt schließt, der ihm Schutz gewährt. Aber diese Leistung muss Sen mit seinem Körper bezahlen ...

www.tokyopop.de

FINDER - BRANDMAL
Ai Satoko / Ayano Yamane

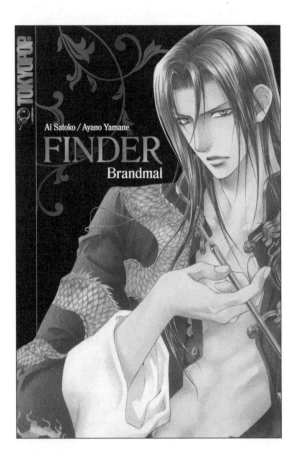

Die Light-Novel zum Manga-Hit *Finder*!

Feilong begibt sich nach Taiwan. Dort will er sich um seinen Stiefbruder Yan Tsui kümmern, der im Untergrund einen Klan gegründet hat und ihm ein Dorn im Auge ist. Er beauftragt Yoh, der nach seinem Verrat an dem Baishe-Klan nach Taiwan geflüchtet ist, seinen Stiefbruder zu ermorden. Vor Ort stellt sich heraus, dass Feilongs Untergebener Tao ihm heimlich nach Taiwan gefolgt ist und von Yan Tsui entführt wurde. Feilong muss sich seinem Bruder nun schneller stellen, als ihm lieb ist.

www.tokyopop.de

CRIMSON SPELL
Ayano Yamane

Ein Fantasy-Epos um den Fluch des magischen Schwerts ...
Prinz Valdrigue wurde vom Fluch des magischen Schwertes Yug Verund getroffen, das seit Generationen in der Königsfamilie weitergegeben wird. Daher beschließt er, sein Reich zu verlassen und nach einem Weg zu suchen, sein Schicksal zu ändern. Er begibt sich zum Hexenmeister Halvir, der sich bereit erklärt, ihm zu helfen. Noch in derselben Nacht findet Halvir heraus, dass Vald sich im Schlaf in eine schöne Bestie voller sexueller Begierde verwandelt ...

www.tokyopop.de

A Foreign Love Affair

Ich kann ausbessern, so viel ich will, es wird nie so perfekt, wie ich es mir vorstelle. Es tut mir leid, wenn ich jemandem damit Umstände bereitet habe. Aber die Story ist gut geworden. Am liebsten zeichne ich ja Männer mit Brille. Im Kittel und mit Brille, im Anzug und mit Brille, in Schuluniform und mit Brille ... Wenn sie die Brille dann absetzen, mag ich das besonders gerne. He he he ...! Oder wenn sie die Brille nach oben schieben, um sie auf den Kopf zu setzen. Hach ...

Puh, diesmal war das Ausbessern echt harte Arbeit ... Es ist jedes Mal wieder eine Überwindung, bis alles geschafft ist. Vielleicht sollte ich in Zukunft nur einmal ausbessern und es dann dabei belassen? Vor einem leeren Blatt Papier hab ich jedenfalls Angst. Ich danke all meinen Lesern für ihre Treue!

                      Küsschen ♥
                      Ayano Yamane

Ayano Yamane präsentiert

A Foreign Love Affair

Fortsetzung:
Die Sprecherin von Kaoru kann ihre Stimme so verstellen, dass man sofort an einen Jungen denken muss ... Hach, lassen wir das. Der Sprecher, der den Yakuza-Leuten von Ranmaru seine Stimme geliehen hat, hat Ranmarus Namen immer so komisch ausgesprochen, dass er eher nach »Bonmaru« klang. Das war irgendwie ziemlich witzig, obwohl es eigentlich eher ernste Szenen waren. Davon ist aber auf der DVD nichts mehr zu hören. Ich denke, wir haben das ziemlich gut hinbekommen. Es würde mich freuen, wenn ihr die DVD auch kauft! ♡
Um wieder auf den Manga zurückzukommen - die Story *Unterweisung in der Liebe* habe ich zu einer Zeit gezeichnet, als ich nicht ganz auf der Höhe war. Für mich ist die Story eine Erinnerung daran.)

Ayano Yamane präsentiert

A FOREIGN LOVE
AFFAIR

Herr Serisawa ist bestimmt schon nach Hause gegangen ...

Unterweisung in der Liebe

That was a real encounter of destiny.
It didn't happen without feeling love through his power.
Diligence and beauty.
Love conquers all.
Courtry, social position and sexual distinction.
Whatever is lost.
It doesn't count for this love.
I got absorbed by you.

When it continued to last, nothing was discovered at first.
That it might well become such a fury.
But it did, even though we thought it was a one-night-mistake.
But we don't worry.
It is, however, the time to also commit to this love with one's body.
And allowing the loving force.

A FOREIGN LOVE AFFAIR

A Foreign Love Affair

Die Mutter von Al ist übrigens Griechin. Von ihr hat er die Haare und die Augenfarbe. Und er spricht fließend Englisch. Apropos fließend ... A Foreign Love Affair wird jetzt auch als Anime fürs Ausland produziert. Das Englisch, das der Synchronsprecher spricht, klingt einfach nur toll! Eben fließend!! Ich war bei den Aufnahmen dabei und bin angesichts dieser tiefen, süßen Stimme beinahe zusammengebrochen ... Aaah! Und die Stimme von Ranmaru war so süß, wenn er gestöhnt hat! Ich hätte ja nie gedacht, dass ein Mann so klingen kann, außer er ist besoffen ... Es hat einfach perfekt gepasst! Schnaub! Die beiden haben das wirklich toll gemacht und es total sexy rübergebracht, ich war ganz aufgeregt. Auch der Sprecher von Gondo war klasse. Er hat genau die Stimme, die zur Darstellung eines Pheromone versprühenden Machos nötig ist. Und die anderen Figuren ...? Hm, ja, die Sprecherin von Kaoru war einfach nur genial! Fortsetzung folgt ...

Ayano Yamane präsentiert

A Foreign Love Affair

Hallo! Ich bin's, Ayano Yamane. Das hier ist mein zweiter Manga, mein erster ist vor drei Jahren erschienen und war mein erster Boys-Love-Manga. Der Manga damals enthielt nicht mal halb so viele Bilder wie dieser hier ... Puh! Ich hab auch schon mal Urlaub in Italien gemacht und mich dabei total in die wundervollen Städte verliebt! Im Manga konnte ich einige der schönen Ansichten einbauen, darüber bin ich sehr froh. Die Städte dort und auch die Italiener selbst sind einfach romantisch, da bekomme ich sofort wieder Heimweh. Die Hauptfigur Ranmaru scheint immer längere Haare zu bekommen ... Ist diese Figur etwa verzaubert?! Ich hab mich bemüht, ihn nicht zu weiblich zu zeichnen, doch irgendwie hat er trotzdem was von einem jungen Mädchen ... Seufz ...

Ayano Yamane präsentiert

That was a real encounter of destiny.
It didn't happen without feeling love through his power.
Diligence and beauty.
Love conquers all.
Country, social position and sexual distinction.
Whatever is lost.
It doesn't count for this love.
I got absorbed by you.

When it continued to last, nothing was discovered at first.
That it might well become such a fury.
But it did, even though we thought it was a one-night-mistake.
But we don't worry.
It is, however, the time to also commit to this love with one's body.
And allowing the loving force.

A FOREIGN LOVE AFFAIR

PRÄSENTIERT VON

AYANO YAMANE

INHALTSVERZEICHNIS

05
Nostalgia

25
A foreign love affair

121
Unterweisung in der Liebe

155
Unterweisung in der Liebe – Special

A FOREIGN LOVE AFFAIR

Ayano Yamane